Ontwerp omslag en binnenwerk: Petra Gerritsen

ISBN 978 90 488 2819 7
ISBN 978 90 488 2820 3 (e-book)
NUR 273

www.mariannebusser-ronschroder.info
www.uitgeverijmoon.nl
www.overamstel.com

OVERAMSTEL
uitgevers

Moon is een imprint van Overamstel uitgevers bv

De avonturen van Indi en Kai

twee dappere indianenkinderen

Marianne Busser & Ron Schröder

Met tekeningen van ivan en ilia

moon

Inhoud

Inleiding

Indi woont samen met haar vader in het oerwoud, en ze hebben het daar met z'n tweetjes prima naar hun zin. Ze genieten van alle prachtige planten en dieren, en ze wonen in de mooiste wigwam van het hele woud. En net als alle indianen, kunnen papa en Indi, niet alleen met mensen, maar ook met dieren praten.

Als Indi bijna jarig is, mag ze zeggen wat ze het liefste als cadeautje zou willen hebben.
Maar als Indi dan een echte indianenhoofdtooi vraagt, legt haar vader uit dat dat wel kan, maar dat ze alle veren zélf zal moeten verdienen. En het verdienen van een veer is vaak helemaal niet zo gemakkelijk als je zou denken...

De verjaardag van Indi

Papa en Indi zaten gezellig samen bij het kampvuur.
'Over een poosje ben je jarig,' zei papa. 'En ik wil graag weten wat je wilt hebben voor je verjaardag. Zou je soms een pijl en boog willen hebben? Of misschien een indianenbijl?'
Indi dacht even na. 'Nee,' zei ze toen. 'Als ik jarig ben, zou ik graag net zo'n mooie hoofdtooi willen krijgen als die van jou.'
'Dat is een goed idee,' zei papa. 'Dan krijg je voor je verjaardag een hoofdtooi van mij.'
Indi vloog haar vader om de hals van blijdschap. En daarna danste ze uitgelaten zingend in het rond.
Haar vader moest erom lachen. 'Fijn dat je een hoofdtooi zo leuk vindt,' zei hij. 'Maar... de veren voor op een hoofdtooi kun je niet zomaar kríjgen. Die veren moeten alle indianen in het oerwoud namelijk zélf verdienen. Net zoals ik dat vroeger ook heb gedaan.'
Papa wees naar een rode veer in zijn tooi. 'Kijk,' zei hij. 'Deze veer kreeg ik toen ik ooit een olifant met een touw uit het water heb getrokken. En de gele veer kreeg ik omdat ik een uil heb leren vliegen.'
'Wat leuk,' zei Indi. 'En waarmee heb je die groene veer dan verdiend?'
'Even denken...' zei papa. 'Ja, ik weet het weer. Die groene veer kreeg ik toen ik een konijntje had gered. Dat beestje zat namelijk met zijn oren in een struik vast.'
Indi knikte. 'Ik snap het,' zei ze. 'Je kunt dus een veer verdienen als je iets goeds hebt gedaan.'
Papa knikte. 'Ja,' zei hij. 'En daarom zijn alle indianen ook zo trots op hun hoofdtooi. Omdat ze hun veren echt zélf hebben verdiend.'
Indi dacht even na. 'Dan wil ik ook graag veren verdienen,' zei ze toen. 'Dat mag toch wel, papa?'
Haar vader lachte. 'Natuurlijk mag dat,' zei hij. 'Het zal niet gemakkelijk zijn. Maar misschien lukt het wel als je heel erg je best doet en goed voor alle planten en dieren in het oerwoud zorgt.'
Een week later was Indi jarig en kreeg ze van haar vader een prachtige hoofdtooi.
Indi was er ontzettend blij mee.
Papa zette de hoofdtooi op Indi's hoofd. En even later danste Indi dolgelukkig met haar tooi in de rondte. Net zo lang tot ze duizelig werd en lachend op de grond viel.
'Hoera!' riep Indi. 'Nu kan ik gaan proberen om mijn eerste veer te verdienen.'
'Moet je doen,' zei papa. 'Veel succes, Indi. Zet hem op!'

Vol goede moed liep Indi even later door het mooie, groene oerwoud. Ze hoopte vurig dat ze net als haar vader een olifant uit het water kon redden of een konijn uit een struik zou kunnen bevrijden.
Maar nee… Nergens zag Indi een konijn dat met zijn oren in een struik vastzat. En in het grote meer zag ze ook geen olifant die gered moest worden.
Tja, dacht Indi, zo kan ik natuurlijk geen veer verdienen. Maar het móét me gewoon lukken!
Even later ging Indi aan de rand van het meer op de grond zitten. Ze keek een beetje somber om zich heen, en zag toen dat er erg veel snoeppapiertjes en andere rommeltjes op de grond lagen.
Dit kan zo niet, dacht Indi. En omdat ze toch niets beters te doen had, ging ze snel naar haar wigwam om een mand te halen. Daarna liep ze terug en gooide ze alle rommel die ze zag in de rieten mand. Elke keer als de mand vol was, ging ze naar de vuilniswigwam om alles weg te gooien. En na zes manden was het oerwoud weer helemaal schoon.

Tevreden ging Indi naar huis.
'En?' vroeg papa. 'Hoe is het gegaan? Heb je je eerste veer al verdiend?'
'Nee,' zei Indi. 'Ik vind het heel jammer, maar dat is niet gelukt. Er lag geen olifant in het meer. En er waren ook geen andere dieren die ik kon redden.'
'Geeft niks, hoor,' zei papa. 'Morgen is er weer een nieuwe dag. Ga nu eerst maar eens lekker slapen!'
Even later kroop Indi in haar hangmatje dat naast de wigwam tussen twee bomen hing.
Papa gaf haar een dikke kus. 'Ik ga nog even wandelen,' zei hij. 'Maar over een kwartiertje ben ik wel weer terug.'

Fluitend liep de vader van Indi door het oerwoud.
Maar Indi hoorde het al niet meer, want ze was zo moe dat ze meteen als een roos in slaap viel.
Even later zag papa stomverbaasd hoe netjes het er allemaal uitzag.
'Hoe kan dat nou?' mompelde papa. 'Wie zou het hier zo goed hebben opgeruimd?'
Maar toen riep een eekhoorntje ineens vanuit een boom naar beneden dat Indi dat had gedaan.
'Indi?' vroeg papa verbaasd. 'Heeft Indi dat helemaal in haar eentje gedaan?'
'Ja,' zei het eekhoorntje. 'Ze heeft echt heel hard gewerkt, want vanmorgen zag het er hier nog heel vies en rommelig uit.'
De vader van Indi was supertrots op zijn dochter. Toen hij thuiskwam, pakte hij meteen een mooie, paarse veer en liep ermee naar de hangmat van de slapende Indi.
'Wat heb jij hard gewerkt, meisje,' zei papa zacht. 'Het oerwoud ziet er nu zo schoon uit. Deze veer heb je eerlijk verdiend.'
Voorzichtig legde papa de veer naast Indi op het kussen.

Toen Indi de volgende morgen wakker werd, zag ze de mooie, paarse veer liggen.
'Er ligt een veer in mijn hangmat!' riep ze verbaasd.
'Hoe kán dat nou?'
Haar vader lachte. 'Deze veer kreeg je van mij omdat je gisteren alle rommel zo goed hebt opgeruimd.'
'Hoera!' juichte Indi. 'Nu heb ik mijn allereerste veer verdiend!'
Trots maakte Indi de veer aan haar hoofdtooi vast.
En nog nóóit was Indi zo blij geweest!

Een holle boom in het bos

Midden in het oerwoud stond een grote boom. Die boom was al jaren dood, en van binnen was hij helemaal hol. Maar toch konden de dieren er nog heel goed in wonen. Tussen de wortels van de boom in had een konijntje zijn hol gemaakt. Halverwege de stam woonde een uil. En helemaal boven in de boom hadden twee bontgekleurde papegaaien samen een prachtig nest gemaakt. De dieren hadden het daar met z'n vieren erg naar hun zin.
Maar op een dag hoorden ze dat er een houthakker in het oerwoud kwam om de dode boom om te hakken en weg te halen.
Het konijntje, de uil en ook de twee papegaaien waren doodsbang. Ze wilden hun holle boom voor geen goud missen, want dan hadden ze geen huis meer.
Het konijntje was zelfs zó verdrietig dat het vreselijk begon te huilen.
'Stil maar,' troostte Indi het beestje. 'Maak je maar geen zorgen, hoor. Ik heb namelijk al een plannetje bedacht. Je weet toch zeker wel dat Brommer de beer hier ook woont?'
Het konijntje knikte.
'Nou,' zei Indi. 'Die houthakker zal vast ontzettend schrikken als hij zo'n grote bruine beer in het oerwoud tegenkomt. Dus blijf jij nu maar rustig hier en wees maar niet bang! Alles komt echt wel goed.'
Toen rende Indi zo snel als ze kon naar het hol van Brommer de beer.
Brommer was een enorm grote en ontzettend sterke beer. Hij was dol op slapen, en hij was ook heel aardig.
'Wakker worden, Brommer!' riep Indi.
'Word wakker! Je moet me helpen! Alsjeblieft, Brommer, loop zo snel als je kunt achter me aan.'
Onderweg vertelde Indi aan Brommer het verhaal van de holle boom die de houthakker wilde weghalen.
'Tja,' zei Brommer. 'Dat is natuurlijk vreselijk vervelend. Maar hoe kan ik daar dan mee helpen?'
'Het is niet moeilijk,' zei Indi. 'Je hoeft alleen maar bij de holle boom te gaan zitten. Dan gaat de rest wel vanzelf.'
'Dan is het goed,' zei Brommer. Hij ging tegen de holle boom aan zitten en viel snel weer in slaap.

Een halfuur later zagen de dieren de houthakker aankomen. Hij had een grote bijl in zijn hand om daarmee de holle boom om te hakken.
'Daar komt-ie! Daar komt-ie!' riep het konijntje in paniek.
'Wegwezen!' riepen de papegaaien. 'We zijn in gevaar!'
'Vlug!' kraste de uil.

Snel verstopten ze zich allemaal achter een grote, groene struik. Daar waren ze veilig en konden ze goed zien wat er zou gebeuren.
Toen de houthakker vlak bij de boom was, rende Indi naar hem toe.
'Meneer de houthakker!' riep ze. 'Niet aan deze boom komen! Dat is namelijk gevaarlijk!'
'Onzin,' zei de houthakker. 'Bomen zijn niet gevaarlijk.'
'Maar híj wel,' riep Indi. Ze wees naar Brommer, die aan de andere kant van de boom zat te slapen.
'Kijk,' zei Indi. 'Dit is namelijk de slaapboom van Brommer de beer.'
De houthakker wist niet wat hij zag. 'Wat is dat voor een beest?' stamelde hij een beetje bang.
'Dat is een grote, maar ook een heel gevaarlijke beer,' zei Indi. 'Als deze beer merkt dat u die boom weghaalt, wordt hij absoluut ontzettend boos, en Brommer is razend sterk.'
Toen werd de houthakker nóg banger. Zo snel als hij kon, rende hij door de struiken heen het oerwoud uit. Ik moet hier weg, dacht hij. En ik kom hier nooit, maar dan ook nooit meer terug. Het is me echt te gevaarlijk hier in dit oerwoud.

Alle dieren die in de holle boom woonden, waren ontzettend opgelucht. Nu waren ze tenminste weer veilig. Samen brachten ze Brommer de beer vier grote potten vol met honing om hem te bedanken.
En daarna gingen de dieren naar Indi toe.
'Door jou kunnen we nu gewoon in onze eigen boom blijven wonen,' zei het konijntje tegen Indi. 'En daarom krijg je van ons deze mooie, blauwe veer.'
'Geweldig!' juichte Indi. 'Hier ben ik heel erg blij mee. Dank jullie wel!'
En toen rende Indi zo snel als ze kon naar huis om haar vader te vertellen wat er was gebeurd. Trots liet ze de schitterende, blauwe veer zien en stak hem in haar hoofdtooi.
'Knap gedaan!' zei haar vader. 'Nu heb je al twee veren in je tooi. Ik ben echt heel erg trots op je!'

Toen Indi's vader even later hout ging halen om een vuurtje te stoken, hoorde Indi ineens wat geritsel in de struiken.
Stomverbaasd zag ze even later een indianenjongetje. Hij had een hoofdtooi op. Een hoofdtooi met twee veren: een groen-zwartgestreepte veer en een rode veer met zwarte stippen.
'Hé!' riep Indi. 'Wie bén jij?'
Het jongetje lachte. 'Ik ben Kai,' zei hij. 'En ik woon ook in het oerwoud.'
'Waar dan?' vroeg Indi verbaasd.
'O, wat verderop in het oerwoud,' zei Kai vrolijk.
'Wat leuk,' zei Indi. 'Ik woon bij mijn vader. Maar hij is nu even hout aan het halen.'
'Leuk dat je bij je vader woont,' zei Kai. 'Ik woon bij mijn oma. Je kunt wel eens met me meegaan, dan kun je haar ook zien. Ze is erg lief!'
'Dat wil ik wel,' zei Indi. 'Ik zal mijn vader vragen of ik een keer mee mag naar je oma.'
Meteen rende Indi naar haar vader. Even later kwam ze terug. 'Mijn vader weet zelfs waar je oma woont,' zei ze blij. 'En hij vindt het leuk als we een keer naar haar toe gaan.'
'Zal ik je dan morgen op komen halen?' vroeg Kai.
'Ja!' juichte Indi. 'Dan zie ik je morgen weer!'
'Precies,' zei Kai lachend. En toen verdween hij weer tussen de struiken.
Die avond droomde Indi in haar hangmat van een indianenvriendje dat Kai heette. En het was echt een prachtige droom...

De jacht op de zebra's

De volgende morgen was Indi al heel vroeg op.
'Ik ga straks met Kai mee naar zijn oma,' zei ze tegen haar vader.
Haar vader knikte alleen maar. Hij staarde een beetje bezorgd voor zich uit.
'Wat is er aan de hand?' vroeg Indi een beetje bang.
'Tja,' zei haar vader. 'Ik ben eigenlijk nogal ongerust. Ik heb namelijk gehoord dat er vandaag jagers in het bos komen om zo veel mogelijk zebra's in het oerwoud te vangen. En ik heb er lang over nagedacht, maar ik zou niet weten hoe ik ze tegen zou kunnen houden.'
'Oh,' zei Indi geschrokken. 'Maar waaróm willen die mannen de zebra's dan vangen? Dat is toch heel zielig voor die beesten?'
'Tja,' zei papa. 'Maar dat kan die kerels niets schelen. Ze willen de zebra's gewoon verkopen aan dierentuinen.'
Indi zuchtte eens diep. 'Wat verschrikkelijk,' zei ze. 'En gaan ze de andere dieren dan ook allemaal vangen?'
'Nee,' zei papa. 'Alleen de zebra's. Omdat ze die voor heel veel geld kunnen verkopen.'
Gelukkig, dacht Indi opgelucht. Alleen de zebra's, en geen andere dieren. Maar ik zal ervoor zorgen dat de zebra's niet worden gevangen.
Indi had namelijk een geweldig plan bedacht.
'Luister, papa,' zei Indi. 'Als Kai straks komt, dan ga ik samen met Kai regelen dat de zebra's in het oerwoud niet worden meegenomen.'
Papa keek een beetje verbaasd naar zijn dochter. Wat zou ze van plan zijn?

Even later ging Indi de wigwam in en nam een pot met zwarte verf en twee kwasten mee.
Toen Kai haar op kwam halen, gingen ze samen op pad.
Indi vertelde Kai wat er aan de hand was en dat de jagers zo veel mogelijk zebra's wilden vangen om ze te verkopen.
Kai schrok. 'Maar dat kán toch niet?' riep hij verontwaardigd. 'Die dieren zijn hier geboren. Die hóren gewoon in het oerwoud!'
Indi knikte. 'Ja, maar wíj gaan er samen voor zorgen dat onze zebra's hier in het oerwoud kunnen blijven wonen.'
En toen vertelde Indi aan Kai wat ze had bedacht.

'Tjonge!' riep Kai toen hij hoorde wat Indi van plan was. 'Wat ben jij slim, Indi. Ik vind het echt een fantastisch idee!'
'Ja leuk, hè?' zei Indi blij. 'Laten we maar zo snel mogelijk beginnen.'

Het duurde niet lang voordat Indi en Kai druk aan de slag waren. De hele morgen werkten ze hard door om ervoor te zorgen dat de zebra's in het oerwoud gered konden worden. Daarna bracht Indi de verf weer terug naar de wigwam.
Toen het bijna etenstijd was, ging Kai naar zijn oma, en Indi naar haar vader.
'En?' vroeg haar vader nieuwsgierig. 'Is je plan gelukt?'
'Dat kan ik nog niet zeggen,' zei Indi. 'Ik denk het wel. Maar dat zullen we nog even moeten afwachten.'
Na het eten kwamen er een paar zebra-stropers langs hun wigwam lopen.
'En?' vroeg papa. 'Hebben jullie al zebra's gevangen?'
'Nee,' zeiden de stropers teleurgesteld. 'Er zijn hier geen zebra's. We hebben echt heel goed gezocht, maar we zijn zelfs niet één zebra tegengekomen. We zagen geen gestreepte zebra's. Wel zwart-witgeruite dieren, maar die wil natuurlijk niemand hebben.'
En toen liepen de stropers teleurgesteld weer weg.

'Geruite dieren?' vroeg Indi's vader verbaasd. 'Hoe kan dát nou?'
Indi begon te lachen en floot even op haar vingers.
En ja, hoor. Meteen kwamen er allemaal geruite zebra's aangerend.
Kai zat stralend boven op de rug van een van de dieren.
'Tja,' zei Indi vrolijk. 'Kai en ik hebben met een pot zwarte verf er van links naar rechts ook strepen bijgeschilderd,' zei Indi. 'Zo leken het tenminste geen zebra's meer. Maar als het weer eens flink gaat regenen, zijn ze niet meer geruit, hoor. Dan zijn het weer doodgewone zwart-wit-gestreepte zebra's.'
De vader van Indi was stomverbaasd. 'Wat een ontzettend slim plan van jullie!' riep hij trots. Daarna ging hij de tent in en kwam hij terug met twee grote, zwart-witgestreepte veren.
'Kijk eens,' zei hij vrolijk. 'Deze veer is voor jou, Indi. En deze is voor Kai. Jullie hebben ze dubbel en dwars verdiend, want nu zijn alle zebra's in het oerwoud gered!'
En zo kregen Indi en Kai er dus weer een veer bij.
'Het gaat goed met onze hoofdtooien,' riep Indi naar Kai.
'Zeg dat wel,' riep Kai terug.
'Ja,' zei papa. 'En jullie hebben je veren echt zélf verdiend. Knap gedaan, hoor. Ik ben echt trots op jullie!'
Kai lachte blij. 'Ja,' zei hij toen. 'Ik ben benieuwd wat mijn oma zal zeggen. Zij zal ook wel trots zijn op de veren die we hebben verdiend.'
'Dat weet ik wel zeker,' zei papa. 'En vergeet niet om je oma de groeten van mij te doen!'
Kai lachte. 'Dat zal ik doen, hoor!' En toen rende hij snel naar het huis van zijn oma.

Brommer zit in de put

Midden in het oerwoud was een heel diepe put. Wie die put daar ooit had gegraven, wist eigenlijk niemand. Maar dat de put erg gevaarlijk was, wisten alle dieren wél. Ze waren namelijk altijd bang dat ze in die put zouden vallen. En daarom had papa, samen met Indi en Kai, een hek om de put heen gemaakt. Zo konden er tenminste geen dieren meer verongelukken.
Maar op een dag ging er ineens toch iets mis. Indi hoorde namelijk een verschrikkelijke dreun. Samen met haar vader en Kai rende ze het bos in om te kijken wat er was gebeurd.
En ja, hoor! Ze zagen meteen wat er aan de hand was. Het hek bij de put was kapot. En ergens van helemaal onder uit de put klonk een vreselijk gebrom.
'Het is Brommer!' riep Indi geschrokken.
'Brommer de beer is in de put gevallen!'
'Och,' zei papa bezorgd. 'Die krijgen we er vast nooit meer uit, want Brommer is zo ongelooflijk zwaar!'
'Zullen we proberen om hem er met een dik touw uit te krijgen?' vroeg Kai.
Papa schudde somber zijn hoofd. 'Ik denk niet dat dat lukt. Kijk, een olifant met een touw uit een meer trekken, dát gaat nog wel. Maar een beer uit een diepe put trekken, dat is bijna onmogelijk.'
'Maar we kunnen het toch wel proberen?' zei Indi. 'We kunnen Brommer daar toch niet laten zitten?'
'Natuurlijk niet,' zei papa. Hij liep naar de wigwam en kwam terug met een stevig stuk touw. Samen lieten ze het touw in de put zakken. Brommer de beer pakte het stevig vast.
En toen probeerden papa, Indi en Kai om Brommer samen uit de put te trekken.
Maar hóé ze ook trokken; het lukte echt niet.
'Nou,' zei papa somber. 'Dit wordt niets. We zullen iets anders moeten bedenken.'
Kai dacht even na. 'Ik weet iets!' riep hij toen ineens. 'Daar hebben we alleen wel een schep voor nodig.'

'In onze wigwam staan scheppen,' zei Indi. 'Ga je mee, Kai?'
Papa schudde zijn hoofd. 'Dat heeft echt geen zin,' mompelde hij. 'Zo diep kun je namelijk niet graven met een schep.'

Maar Indi en Kai waren al weg. Even later kwamen ze terug met twee scheppen. Maar niet om daar een gat mee te graven. Nee…! Want Kai had namelijk een ander plan bedacht.
Hij gooide met zijn schep steeds wat zand in de put. En al dat zand viel dan naast Brommer op de grond, of boven op Brommers kop.
Brommer mopperde verschrikkelijk als hij weer zo'n kluit zand op zijn kop kreeg. Maar dan schudde hij het zand er snel weer vanaf, en ging er dan bovenop staan.
Zo kwam er steeds meer en meer zand op de bodem van de put te liggen. En daardoor werd de put dus ook steeds minder diep.
'Wat een geweldig plan,' zei papa vol bewondering. 'Wat heb je dit goed bedacht, Kai!'
'Zeg dat wel,' zei Indi. En ze begon meteen flink met Kai mee te scheppen.
Na een uurtje scheppen kon Brommer nét met zijn neus over de rand van de put heen kijken. En een tijdje later stapte Brommer opgelucht weer uit de put. 'Bedankt, hoor!' riep hij.
Toen schudde Brommer even met zijn kop en hobbelde daarna snel naar het meer om zich lekker te wassen. Want zijn dikke berenvacht zat natuurlijk vol met zand.

Die avond kwam Brommer terug om Indi en Kai te bedanken. 'Jullie hebben me echt gered,' zei hij. 'En daarom heb ik voor jullie allebei een veer.'
Brommer gaf eerst Indi, en daarna ook Kai een glanzende, bruine veer.
Trots stak Indi de veer in haar hoofdtooi. Met haar vingers telde ze de veren: 'Eén, twee, drie… vier!'
'En ik heb er ook al vier,' zei Kai stralend.
Indi lachte blij naar haar vader. 'Het gaat goed, hè? Nu hebben we al vier veren op onze hoofdtooi.'
'Dat gaat zéker goed!' zei papa. 'Ik ben trots op je, Indi! En ook op jou, Kai. Jullie zijn echt fantastische indianenkinderen!'

Een zieke vogelmoeder

Het was alweer een paar dagen later toen Kai voor de wigwam stond om te vragen of Indi samen met hem bessen wilde gaan plukken.
Kai wist een mooi plekje waar heerlijke bessen groeiden.
Indi wilde graag mee, want ze vond het altijd heerlijk om samen met Kai iets leuks te doen.
Maar toen ze samen door het bos wandelden, zag Indi ineens een vogel liggen. Het beestje lag zielig op de grond. Het vloog zelfs niet weg toen Indi en Kai dichterbij kwamen. De vogel was namelijk tegen een boom gevlogen. En nu hing haar rechtervleugel een beetje scheef.
Indi zocht snel een mooi plekje en maakte daar een bedje van mos en bladeren. Daarna pakte ze de vogel op en legde ze het arme beestje in het nestje.
'Blijf hier maar rustig liggen,' zei Indi. 'Ik zie dat jouw vleugel gelukkig niet is gebroken. Aan het eind van de dag ben je dus vast wel weer helemaal beter.'
Maar het vogeltje bleef helemáál niet rustig liggen. Het probeerde telkens om naar een struik toe te fladderen.
Indi en Kai begrepen er niets van.
'Blijf nou toch eens liggen,' zei Indi. 'Dat is echt veel beter voor je!'
Maar toen hoorden Indi en Kai plotseling gepiep.
Het geluid kwam ergens uit de struiken.
Kai liep er meteen naartoe om te kijken wat er aan de hand was. En ineens zag hij het: tussen de takken zag hij een nestje met drie kleine vogeltjes erin die vreselijk piepten.
'Kijk,' zei Kai tegen Indi. 'Dat is het! Deze vogeltjes hebben gewoon ontzettend veel honger. Maar hun moeder kan natuurlijk geen eten voor haar kindjes halen, want ze kan nu niet vliegen.'
'Wacht maar,' zei Indi tegen de vogelmoeder.
'Wij zorgen er wel voor dat jouw babyvogeltjes eten krijgen. Blijf hier maar rustig liggen en maak je geen zorgen. Het komt echt wel goed!'

Kai ging meteen op zoek naar rupsen en zaadjes.
Hij zocht onder stenen en tussen natte bladeren, en alles wat hij aan eten vond, bracht hij naar de pasgeboren vogeltjes.
Daarna ging Kai bij de moedervogel zitten, en ging Indi op pad om eten te zoeken.

Eerst waren de vogeltjes nog bang voor Indi en Kai. Maar al snel merkten ze dat dat echt niet nodig was.
Als Indi of Kai er aan kwamen, deden de vogeltjes hun snaveltjes meteen wijd open. De hele dag door bleven Indi en Kai om de beurt eten zoeken voor de kleintjes.
Aan het eind zagen ze dat de vogelmoeder haar vleugel voorzichtig weer ging bewegen. En na een tijdje vloog ze weg en kwam ze terug met twee prachtige, oranje veren in haar snavel om de kinderen te bedanken.
Indi en Kai pakten de veren stralend aan.
'Dank je wel, mama vogel!' riepen ze.

'Wat een mooie veren hebben we gekregen, hè,' zei Kai.
'Zeg dat wel,' zei Indi. 'Ik ben er ook heel erg blij mee!'
En daarna liepen Indi en Kai doodmoe, maar heel tevreden terug naar de wigwam van Indi's vader.
'Zie ik het goed?' vroeg papa verbaasd. 'Hebben jullie er alweer een veer bij?'
'Ja,' zei Indi trots. 'We hebben nu al vijf veren!'
'Net zoveel veren als ik vingers aan mijn hand heb,' zei Kai stralend.
'Bijzonder, hè?' riep Indi trots.
Papa knikte. 'Zeg dat wel,' zei hij.
En toen gaf papa Indi en Kai allebei een kus. 'Dit is niet zómaar bijzonder, maar ontzettend bijzonder. Ik ben echt héél erg trots op jullie!'
'Maar nu moet ik weer naar huis,' zei Kai. 'Dan kan ik al mijn veren aan oma laten zien. Zij zal ook wel heel trots zijn.'

Die avond lagen Indi en Kai allebei lekker in hun eigen hangmatje te slapen.
En ze droomden de mooiste dromen die er maar bestonden…

Jullie zullen begrijpen dat Indi en Kai nog veel meer veren willen verdienen, zodat ze hun hele hoofdtooi kunnen gaan vullen. Maar daarover kun je lezen in het volgende boek over Indi en Kai, de leukste en slimste indianenkinderen van de hele wereld.